D0637115

FOLIO CADET

**Traduit de l'anglais
par Vanessa Rubio**

Maquette : Didier Gatepaille

ISBN : 2-07-055534-8
Titre original : *Revange of the Dragon Lady*
Édition originale publiée par Grosset & Dunlap,
une division de Putnam & Grosset Group, New York
© K. H. McMullan, 1997, pour le texte
© Bill Basso, 1997, pour les illustrations
© Éditions Gallimard jeunesse, 2000, pour la traduction
© Éditions Gallimard jeunesse, 2003, pour la présente édition
N° d'édition : 141797
Loi n° 49-956 du 16 juillet 1949 sur les publications destinées à la jeunesse
Premier dépôt légal : septembre 2000
Dépôt légal : décembre 2005
Imprimé en Espagne par Novoprint (Barcelone)

K. H. McMullan

L'ÉCOLE DES MASSACREURS DE DRAGONS   2

La vengeance du dragon

illustré par Bill Basso

GALLIMARD JEUNESSE

Pour Jim, mon fils chéri.
K. H. McM.

Chapitre un

Wiglaf était attablé dans la salle à manger glacée de l'École des Massacreurs de Dragons. Il fixait son assiette d'anguilles gélatineuses d'un air peu convaincu.

– Beurk ! dit-il à son amie Érica. Je n'en peux plus d'avoir des anguilles au petit déjeuner !

Érica écarta une mèche de cheveux bruns de ses yeux et répliqua :

– Il faut que tu t'y fasses, Wiglaf !

– Je sais, je sais, répondit Wiglaf d'une voix pitoyable. Les douves du château grouillent d'anguilles. Et vu que ça permet au directeur de nous nourrir gratuitement, on est condamné à en manger pour le petit déjeuner, le déjeuner et le dîner. Il ne laissera pas Potaufeu nous préparer autre chose !

Érica sauça le jus d'anguille vert foncé de son assiette jusqu'à la dernière goutte, puis enfourna son morceau de pain dans sa bouche.

« Comment fait-elle ? » se demanda Wiglaf.

– Mmmm ! s'exclama Érica. C'est délicieux !

Érica trouvait tout génial à l'EMD – y compris les anguilles. Cela ne l'embêtait même pas d'avoir à vider les pièges à anguilles tous les matins.

Wiglaf était presque sûr que c'était pour ça qu'elle avait remporté la médaille du mois de l'apprenti Massacreur de Dragons.

Il goûta un petit morceau de queue d'anguille. Répugnant ! Il repoussa son assiette.

– Tiens, Érica, je te donne ma part.

– Chut ! Moi, c'est Éric, tu te rappelles ?

Érica parcourut la salle à manger du

regard pour vérifier que personne n'avait entendu aux autres tables.

– Si Mordred apprend que je suis une fille et me renvoie de l'école, ça sera ta faute !

– Excuse-moi.

– Il n'y a que toi qui sois au courant de mon secret, Wiglaf, poursuivit Érica. Et si tu le dis à qui que ce soit, je te jure que je te décapite ! Je te plongerai mon épée dans les tripes ! Ton sang…

– C'est bon, Éric, la coupa Wiglaf. Je crois que j'ai compris.

Wiglaf savait qu'Érica rêvait de massacrer un dragon pour devenir un héros. Mais elle n'était pas obligée de lui raconter comment elle comptait le massacrer, lui !

Wiglaf aussi voulait devenir un héros. Les héros sont toujours forts et courageux.

« Quand je serai un héros, plus personne ne se moquera de moi parce que je suis petit pour mon âge. Ou parce que j'ai les cheveux couleur carotte. »

C'était pour cela que Wiglaf était parti de

chez lui avec son cochon apprivoisé, Daisy. Il était venu à l'École des Massacreurs de Dragons pour apprendre à les tuer et devenir un héros.

Il y avait juste un petit problème qui contrariait ses projets.

Wiglaf ne supportait pas la vue du sang.

— Wiglaf ! Éric ! cria quelqu'un à l'autre bout de la salle à manger.

Wiglaf leva les yeux et vit Angus, le neveu du directeur, qui accourait vers eux. Angus était blond et légèrement rondouillard. Il ne se donnait jamais la peine de courir quand il pouvait marcher. Il ne se levait jamais quand il pouvait rester assis. C'est pour cela que Wiglaf devinait qu'il devait avoir quelque chose d'important à leur dire.

— Angus ! Qu'est-ce qui se passe ? demanda Érica.

Angus s'efforçait de reprendre son souffle, appuyé à la table des première année.

— Oncle Mordred est fou de rage, haleta-t-il.

— Comme d'habitude, remarqua Wiglaf.

Mordred était tout le temps en train de lui crier dessus à cause de ce qui était arrivé avec le dragon Gorzil. Il avait envoyé Wiglaf et Érica pour le tuer, et Wiglaf l'avait bel et bien tué. Mais sans le faire exprès. Il avait découvert par hasard la faiblesse secrète de Gorzil : le dragon ne supportait pas les mauvaises blagues. Et au bout de quatre mauvaises blagues, Gorzil n'était plus de ce monde. Cependant, ce n'était pas la façon dont Wiglaf avait terrassé le dragon qui faisait enrager Mordred. Il était fou de rage parce que Wiglaf avait laissé des villageois avides s'emparer de l'or de Gorzil.

— Mais cette fois-ci, il est vraiment déchaîné, insista Angus. Il vient d'apprendre qu'un élève de l'École des Exterminateurs de Dragons en a tué un et rapporté tout son or au directeur. Oncle Mordred n'a pas arrêté de crier qu'on ferait mieux de massacrer un dragon vite fait et de lui rapporter son trésor ou sinon…

– Angus ! Baisse-toi ! hurla Wiglaf.

Angus plongea sous la table. Une anguille en gelée bien grasse passa juste au-dessus de sa tête et atterrit sur les genoux d'Érica.

Elle bondit sur ses pieds.

– Hé ! Qui a osé jeter ça ?

– Moi ! répondit un garçon de la table des deuxième année. Et qu'est-ce que tu comptes me faire ?

– Tu vas voir ! rugit Érica.

L'apprentie Massacreuse de Dragons du mois ne reculait pas devant une belle bataille de nourriture, comme tous les élèves de l'EMD. Elle prit une anguille dans l'assiette de Wiglaf et la lança.

– Touché ! s'écria-t-elle quand son projectile atteignit sa cible.

En quelques secondes, la pièce était remplie d'anguilles volantes.

Wiglaf sourit. C'était dans ces moments-là qu'il appréciait le plus d'être à l'École des Massacreurs de Dragons !

Il attrapa une anguille et l'envoya dans les airs, puis il se joignit au chant que les troisième année avaient entamé :

« Y en a assez des anguilles ! Plus d'anguilles ou on dégobille ! »

Bientôt, la salle à manger résonna des cris des élèves qui tapaient des pieds en braillant :

« Y en a assez des anguilles ! Y en a assez des anguilles ! »

Wiglaf prit sa dernière munition dans son assiette. Il mit en joue le buste grandeur nature de Mordred qui trônait près de la porte. L'épaisse chevelure du directeur, ses gros yeux exorbités et son large sourire avaient été sculptés dans la pierre.

Wiglaf visa.

– Bon appétit, Mordred ! cria-t-il.

Et il lança son anguille sur la tête de pierre.

Mais, juste à ce moment-là, le directeur en chair et en os fit son entrée dans la salle à manger.

Wiglaf vit avec horreur son anguille s'écraser sur le front du véritable directeur avec un gros sploch !

Chapitre deux

’anguille resta collée sur le front de Mordred. Le jus vert coula dans ses yeux violets qui lançaient des éclairs, puis dégoulina le long de ses joues jusqu’à sa barbe.

– Bien sûr, c’est encore toi ! rugit-il en regardant Wiglaf. J’aurais dû m’en douter !

Il arracha le poisson aplati de son front et le jeta par-dessus son épaule.

– Encore toi ! tonna Mordred. Le seul élève de l’EMD qui ait réussi à massacrer un dragon ! Mais croyez-vous qu’il m’aurait rapporté l’or de Gorzil ? NON ! Il est revenu sans rien !

– Je… j’ai essayé, messire, bafouilla Wiglaf. Mais les villageois se sont précipités dans la grotte et…

– Des excuses, toujours des excuses ! Et en plus, tu n'as jamais payé tes droits de scolarité ! Tu me dois toujours sept sous !

– C'est vrai, commença Wiglaf. Mais vous voyez, messire, ma famille n'a pas un sou. Mon père voulait que je vende mon cochon. Mais je…

– Et maintenant tu m'envoies une anguille en pleine tête ! le coupa Mordred. Dès que tu auras payé tes sept sous, je te jetterai dehors !

Mordred tira un grand mouchoir rouge de sa poche et s'essuya le visage.

– Mais pour le moment, une heure de retenue pour tout le monde ! poursuivit-il en pointant un doigt potelé chargé de bagues en or vers les escaliers. Allez ! au cachot ! En avant, marche !

Les élèves de l'EMD se mirent en file indienne et descendirent trois volées d'escaliers. Ils entrèrent les uns après les autres dans le cachot humide et glacé.

Quand tout le monde fut à l'intérieur,

Mordred claqua la porte. Il alluma deux torches accrochées au mur.

– Angus ! Viens là ! aboya-t-il. Les autres, asseyez-vous !

Angus s'avança. Wiglaf et le reste des élèves s'assirent sur le sol dur.

Mordred tendit à son neveu un pot de plumes et plusieurs bouteilles d'encre.

– Fais-les passer, ordonna-t-il. Et ensuite, distribue le parchemin.

Angus obéit en silence.

Au bout de quelques minutes, ils avaient tous de quoi écrire.

– Je veux que vous fassiez la liste des cent règles de l'apprenti Massacreur de Dragons, annonça Mordred. Et proprement. Sans ratures ni taches d'encre.

Érica leva la main et demanda :

– Le premier qui a fini gagne un bon point ?

– Non, Éric, c'est une punition.

Mordred consulta le sablier qu'il portait au poignet en fronçant les sourcils.

– Vous avez deux heures à partir de maintenant.

Deux heures ! Wiglaf sentit son cœur s'emballer alors qu'il trempait sa plume dans la bouteille d'encre. Il se mit à écrire :

Les cent règles de l'apprenti Massacreur de Dragons

1. Un apprenti Massacreur de Dragons n'hésite pas à donner sa vie pour rapporter de l'or à Mordred.

2. Un apprenti Massacreur de Dragons ne se plaint jamais – surtout quand il écrit à ses parents.

3. Un apprenti Massacreur de Dragons mange ce qu'il a dans son assiette – même si ça a un drôle d'aspect.

4. Même si ça a un drôle de goût.

5. Même si ça a une drôle d'odeur.

« Et de cinq », se dit Wiglaf. Plus que quatre-vingt-quinze. Il jeta un œil sur la feuille d'Érica. Comment avait-elle déjà réussi à noter dix-huit règles ?

6. *Un apprenti Massacreur de Dragons doit être prêt à tirer son épée à tout instant.*

« Les épées, il n'y a que ça qui compte, à l'EMD », pensa Wiglaf. Il avait tué un dragon ! Qu'est-ce que ça pouvait faire qu'il ne se soit pas servi de son épée ? Lui, il s'était servi de son humour. Et alors, ça devrait compter quand même ! Mais non, on aurait dit que ça ne comptait pour rien. Apparemment, massacrer un dragon avec des blagues, ce n'était pas le moins du monde héroïque. Wiglaf soupira. Il se demandait s'il deviendrait un jour un héros…

Il venait de tremper de nouveau sa plume dans l'encre quand il entendit un petit bruit. Comme plusieurs autres élèves, il leva la tête.

Derrière les barreaux de la fenêtre du cachot, ils découvrirent un oiseau géant !

Mordred aussi l'avait aperçu.

– Morbleu ! Nom d'un cracheur de feu !

gémit-il. Un oiseau de mauvais augure est venu tous nous dévorer !

– Mon seigneur ! piailla l'oiseau. C'est moi, votre éclaireur, Yorick.

Du bout de son aile, il ôta son gros bec jaune.

– Vous voyez ?

– Yorick ! s'écria Mordred. Vite ! Descends nous rejoindre ! Viens me dire quelles sont les nouvelles !

Quelques instants plus tard, Yorick entra dans le cachot en se dandinant. Il était couvert de plumes gris sale de la tête aux pieds.

– Mon seigneur, commença-t-il, j'étais en mission d'espionnage pour vous sur le pic du Busard.

Mordred hocha la tête.

– Ah ! c'est ce qui explique ton déguisement de busard.

Wiglaf trouvait que Yorick ressemblait à un énorme pigeon. Mais il garda ses réflexions pour lui.

– Mon seigneur, poursuivit Yorick, il y a un gros nuage noir qui vient de l'est.

Mordred le foudroya de ses gros yeux violets.

– Je ne te paie pas pour que tu me fasses un bulletin météo, Yorick !

– Mon seigneur, ce n'est pas un nuage ordinaire. C'est un nuage de fumée.

– Nom d'un dragon ! s'exclama Mordred, les yeux brillants d'excitation. Tu veux dire que…

– Oui, mon seigneur, acquiesça Yorick. Un dragon approche. D'après mes sources, c'est un dragon femelle. Elle traque celui qui a tué son fils.

– Oh ! il n'y a rien de pire qu'une maman dragon en colère ! Je me demande qui peut bien être ce pauvre bougre…

Il se tapota le menton de ses doigts pleins de bagues en or.

– Messire Freddy Coupetête ? Non, je parie que c'est ce vieux gredin, Messire Percy Bottefesses.

– Mon seigneur, intervint Yorick, on dit que c'est celui qui a tué le dragon Gorzil.

– Gorzil ? répéta Angus. Wiglaf ! C'est toi que le dragon cherche !

Chapitre trois

iglaf eut soudain une drôle de sen-
sation au creux de l'estomac. Et les
anguilles en gelée n'y étaient pour rien.

— M-m-m-moi ? bégaya-t-il.

— Oui, toi, mon p'tit gars ! s'exclama
joyeusement Mordred. Quelle chance !

— Quelle chance ? Moi, je ne trouve pas
que ce soit une chance, protesta Wiglaf,
paniqué.

Son cœur battait à cent à l'heure.

À cet instant, il ne lui semblait plus si
important de devenir un héros. Rester en
vie, c'était ça qui comptait.

— Imagine, il y a un dragon qui vient juste
à ma porte !

Mordred souriait. Ses dents en or étincelaient à la lueur des torches.

– Dès qu'il y a un dragon dans le coin, on est sûr de trouver des tas et des tas d'OR pas très loin ! Rien que d'y penser, ça fait rêver !

– Messire ? Vous vous rappelez quand vous nous avez envoyés tuer Gorzil, Wiglaf et moi ? Eh bien, en fait, Wiglaf n'a même pas touché ce dragon. Il l'a tué par accident !

– C'est vrai, messire, confirma Wiglaf avec empressement.

– Vous voyez ? reprit Érica. Même Wiglaf le reconnaît ! Mais moi, je voulais tuer Gorzil comme il fallait ! J'avais tiré mon épée ! J'étais sur le point de lui trancher sa vilaine tête ! En toute justice, c'est moi que la mère de Gorzil devrait pourchasser !

– Éric, demanda Mordred patiemment, qui a changé Gorzil en poussière ?

– Eh bien, euh… Wiglaf, admit Érica. Mais…

Mordred secoua l'index sous le nez de son élève.

– C'est très vilain d'être jaloux des exploits des autres !

Érica baissa la tête et murmura :

– Pardon, messire.

– Bon, est-ce que c'est clair pour tout le monde ? demanda Mordred. Ce dragon veut la peau de Wiglaf et de lui seul, d'accord ?

Wiglaf laissa échapper un gémissement.

– Oui, messire, répondit Érica d'un air maussade.

– Bien.

Mordred se retourna vers son éclaireur.

– Yorick, quand doit arriver le dragon ?

– Mon seigneur, j'ai multiplié la longueur du nuage de fumée par sa largeur. Puis j'ai soustrait la vitesse du vent…

– Allez, vide ton sac ! le pressa Mordred. Quand ?

– Mon seigneur, quand midi sonnera vendredi, Sétha sera là.

– Vendredi ? s'exclama Wiglaf. Mais c'est dans deux j… !

– Chut !

Mordred lui plaqua une main sur la bouche.

— Yorick ? Tu as dit que le dragon s'appelait comment ?

— Sétha, mon seigneur.

Le sourire de Mordred s'évanouit.

— Sétha ? La Bête de l'Est ? Non ! gémit-il. Ce n'est pas possible ! C'est trop, trop horrible !

Wiglaf se mit à trembler. Sétha devait être vraiment terrible pour mettre Mordred dans cet état !

— Yorick ! Je t'en prie, dis-moi qu'elle s'appelle Bétha ! ou Grotha ! ou Lorétha !

Yorick se contenta de secouer la tête.

— Jamais un dragon n'est venu à l'EMD ! s'exclama Morded. Et en voilà un qui arrive. N'importe quel dragon au monde viendrait avec son trésor. Tous, sauf un. Et c'est Sétha !

— Elle n'a pas d'or ? demanda Angus.

— Non ! cria Mordred, les larmes aux yeux. Sétha n'en a rien à faire, de l'or ! Tout ce qui l'intéresse, c'est de tuer. Pour s'amuser !

— Pour s'amuser ? couina Wiglaf qui tremblait de plus en plus.

Il se mit à claquer des dents.

— Mais qu'est-ce qu'elle… Comment elle… ?

— Oh, Sétha aime beaucoup s'amuser, dit Mordred. Elle joue avec ses victimes pendant des heures avant de les tuer. Mais elle n'a pas d'or, sanglota-t-il. Je suis maudit ! Pas un gramme d'or !

Il agita la main en direction de la porte du cachot.

— Allez-y. La retenue est terminée. Allez-vous-en. Laissez-moi à mon chagrin !

Érica bondit sur ses pieds.

— Messire ! cria-t-elle. Je sais ce dont vous avez besoin : entendre un chant de l'EMD.

Elle se tourna vers le reste des élèves.

— Allez, on va chanter *Attention, dragons !* Un, deux, trois !

Et tout le monde – tout le monde sauf Wiglaf – sortit du cachot en braillant :

Attention, affreux dragons !
Prenez garde, nous arrivons !
Voilà les gars de l'EMD !
Entraînés pour vous massacrer !
Oui, oui, oui, pas de pitié !
Nous allons tous vous tuer,
tuer, TUER !

Chapitre quatre

a mère de Gorzil arrive pour me tuer ! gémissait Wiglaf, allongé sur son lit de camp à l'heure de la sieste. Oh ! je suis cuit !

— Baisse le son, Wiglaf ! ordonna un grand gars installé près de la porte. Y en a qui essayent de se reposer !

— Occupe-toi de tes oignons, Torblad ! répliqua Érica qui était assise sur le bord du lit de Wiglaf. Je n'ose même pas imaginer dans quel état tu serais si tu avais un dragon à tes trousses !

Wiglaf se mit à gémir encore plus fort. Il se tourna vers le dessin qu'il avait accroché au mur : il avait peint Daisy, son cochon, pelotonnée sur sa paillasse douillette dans le poulailler de l'EMD.

– Ma pauvre Daisy ! reprit-il. Quand je ne serai plus là, elle se retrouvera seule au monde !

– On n'en est pas là, Wiglaf, fit remarquer Angus qui occupait le lit voisin. Tiens, voilà de quoi te remonter le moral.

Il cassa un morceau de sa barre au chocolat Excalibur et le tendit à Wiglaf en ajoutant :

– Peut-être que tu devrais t'enfuir avant que Sétha arrive. Peut-être que tu devrais rentrer chez tes parents.

Wiglaf passa le chocolat à Érica. Il n'avait pas faim.

– Je ne peux pas. Mon père m'a interdit de revenir sans or. Et il a aussi mauvais caractère que Mordred.

– Oncle Mordred n'est pas si méchant que ça, affirma Angus. Si tu le voyais quand ma tante Lobelia lui rend visite ! C'est sa grande sœur. Et, bon sang, il faut voir comme elle le fait marcher à la baguette ! Un jour…

— Angus ! On s'en fiche de ta tante ! le coupa Érica. Il faut qu'on aide Wiggie à trouver comment tuer Sétha. Regardez.

Elle fouilla dans sa poche et en tira deux petites figurines de plomb. L'une représentait Messire Lancelot en miniature et l'autre, un petit dragon.

— Voici comment *Le Petit Guide de Messire Lancelot* conseille de s'y prendre, annonça-t-elle. D'abord, lever son épée, puis frapper le dragon sur la caboche !

Érica prit son petit Lancelot et le fit cogner trois fois sur la tête du minuscule dragon.

— Aarrrrgh ! gémit-elle. Tu m'as eu, Lancelot !

Elle fit tomber le petit dragon sur le flanc.

— Tu t'imagines que Sétha va se tenir tranquille pendant que j'essaye de l'assommer ? protesta Wiglaf. Et puis, il faut être réaliste, je ne suis pas Messire Lancelot.

— Ça, c'est sûr, grommela Érica.

— Il ne te reste qu'une solution, intervint

Angus, c'est de découvrir la faiblesse secrète de Sétha. Comme ça, tu n'auras pas à l'assommer.

— J'ai trouvé la faiblesse secrète de Gorzil sur un coup de chance, mais ça n'arrivera pas deux fois ! soupira Wiglaf.

— Ce n'est pas une question de chance. Ce qu'il te faut, c'est le bon livre, affirma Angus. Il y a des tas de bouquins sur les dragons dans la bibliothèque de l'EMD.

— Quoi ? s'exclama Érica. Il y a une bibliothèque à l'EMD ?

— Après la sieste, on a une heure de permanence. Alors en avant pour la biblio ! décida Wiglaf.

Chapitre cinq

BONG ! La cloche sonna la fin de la sieste.

Angus conduisit Wiglaf et Érica dans la cour du château. Les cours de l'après-midi venaient juste de commencer.

Les élèves du cours de Traque des Cracheurs de feu de Messire Mortimer était en train d'apprendre comment s'approcher d'un dragon par-derrière.

Le professeur Baudruche, qui assurait l'Entraînement des Massacreurs, montrait à sa classe la Botte des entrailles sur son dragon en bois.

Les garçons du cours de Récurage de Potaufeu étaient en train de nettoyer les marches du château à quatre pattes. Mordred disait qu'un apprenti Massacreur devait savoir laver, frotter et récurer. Mais Wiglaf ne comprenait pas bien pourquoi.

Les trois copains pénétrèrent dans la Tour Sud et gravirent l'escalier de pierre en colimaçon qui menait à la bibliothèque de l'EMD.

Frère Dave, le bibliothécaire, leva les yeux de son livre quand ils entrèrent. Il avait un visage tout rond et de petites lunettes également rondes. Il portait une robe de moine.

— Je vous salue, Angus ! s'exclama Frère Dave. Voilà de bien fiers compagnons que vous m'amenez en ce bel après-midi !

Les moines de l'ordre de Frère Dave devaient accomplir de bonnes actions. Ils devaient se donner une mission si difficile que la plupart des gens y échoueraient. Frère Dave avait donc décidé de devenir bibliothécaire à l'EMD où seuls deux ou trois élèves – et pas un professeur – avaient déjà lu un livre entier dans leur vie.

— Que me vaut votre visite en ces lieux ?

Serait-ce un devoir qui nécessite plusieurs heures de recherche dans la bibliothèque ? demanda-t-il, plein d'espoir.

— Non, répondit Wiglaf, ce n'est pas pour les cours.

— Oh, Ciel ! un enfant qui lit pour le plaisir !

Frère Dave porta la main à son cœur. Il avait l'air ravi.

— Peut-être devriez-vous lire *Le Roi qui ne fermait jamais l'œil*, d'Eliza Réveil. Une merveilleuse histoire. Ou peut-être pourriez-vous essayer *Au cœur de la forêt des Ténèbres*, d'Eva Zienpremier. Ou, si vous préférez la poésie…

— Frère Dave ? le coupa Angus. Mon ami Wiglaf a des ennuis. Dans deux jours, il va se faire rôtir sur place, à moins que nous n'obtenions certaines informations à propos de Sétha le dragon.

— Sétha ? répéta Frère Dave, le souffle coupé. Vous… vous voulez dire la Bête de l'Est ?

– Vous en avez déjà entendu parler ! s'exclama Wiglaf. Oh ! s'il vous plaît, Frère Dave ! J'ai besoin d'un livre où je trouverais la faiblesse secrète de Sétha !

– Je n'ai connaissance que d'un seul ouvrage qui pourrait vous renseigner sur ce point. Je vais de ce pas le chercher.

Frère Dave fila comme un éclair et revint avec *L'Encyclopédie des dragons*.

Wiglaf ouvrit le gros volume avec enthousiasme. Là, entre ses mains, se trouvait peut-être la clé du mystère. Le secret qui lui permettrait de se débarrasser de Sétha. Qui sait ? Peut-être que son heure n'était pas encore venue, après tout !

Wiglaf feuilleta fiévreusement l'encyclopédie jusqu'à la section des « S ». Il tourna encore quelques pages. Et enfin, il repéra le nom de Sétha. Sur l'illustration, une affreuse créature le fixait avec des yeux cruels.

– Waouh ! s'exclama Angus. Ça, c'est une mégère dragon !

Au sommet du crâne, Sétha avait une grosse corne avec de longs tentacules roses frisés qui tombaient devant ses yeux jaunes. Une immense langue sortait en ondulant de sa gueule hérissée de crochets venimeux.

– C'est vrai qu'elle a l'air mauvais, admit Érica. Où penses-tu lui enfoncer ton épée, Wiggie ? Là, dans le cou ? ou dans le cœur ? ou peut-être dans son gros bidon grassouillet ? ou…

– Stop ! l'interrompit Wiglaf. Voyons ce que raconte ce livre.

Et voici ce que le livre racontait :

Nom complet : *Sétha von Flambé*
Surnom : *la Bête de l'Est*
Épouse de : *Fangol von Flambé (tué par Messire Bretzel MacBretelle en 1143 apr. J.-C.)*
Nombre d'enfants : *3 684*
Écailles : *vert boueux*
Corne : *orange de feu*

Yeux : *deux*

Dents : *répugnantes !*

Âge : *cent ans et des poussières*

Phrase fétiche : *« Je vais me griller une petite tour de sorcier ! »*

Célèbre pour : *son odeur vraiment, VRAIMENT atroce*

Le plus étonnant : *l'or ne l'intéresse pas*

Hobby : *jouer avec ses victimes avant de les achever*

Ce qu'elle préfère au monde : *son fils n° 92, Gorzil, le fiston à sa maman*

– C'est fini, je suis cuit ! s'écria Wiglaf.

– Mm... ça ne s'annonce pas bien pour toi, commenta Érica.

Wiglaf tourna la page. Et, soudain, les trois copains retinrent leur souffle. Tout en haut, on lisait :

Faiblesse secrète : *D'après les chevaliers qui l'ont déjà rencontrée, Sétha ne supporterait pas les ba...*

Il y avait eu de l'encre renversée sur la

page. Le reste du mot était recouvert d'une grosse tache noire.

— Les ba-quoi ? s'égosilla Wiglaf. Il faut que je le sache !

Angus approcha la page de la chandelle qui éclairait le bureau de Frère Dave.

— Je n'arrive pas à déchiffrer le reste du mot, mais si ça se trouve c'est mal écrit et la faiblesse de Sétha, c'est la même que celle de Gorzil : les blagues !

Érica secoua la tête.

— Il n'y a pas deux dragons au monde qui aient la même faiblesse secrète, affirma-t-elle. Je l'ai lu dans *Le Petit Guide de Messire Lancelot*.

— Mais « les ba… », ça peut être tellement de choses ! soupira Angus. Les bananes. Les ballades. Les barbecues.

— J'ai l'impression que tu vas devoir tuer ce dragon avec la bonne vieille méthode, c'est-à-dire avec ton épée, Wiglaf, remarqua Érica. Si j'étais toi, je demanderais des cours de soutien au professeur Baudruche pour apprendre à mettre un dragon en pièces.

Wiglaf eut un haut-le-cœur rien que d'y penser.

— Mais je suis nul ! Dès que j'ai une épée dans les mains, il se produit une catastrophe.

— Alors si j'étais vous, je commencerais à dire mes prières, lui recommanda le moine.

Chapitre six

 « es ba... », ça pourrait être les balances, proposa Angus. Ou les ballons.

– Il faut qu'on y aille, le coupa Érica, sinon on va être en retard à l'entraînement. Merci, Frère Dave !

– Ça pourrait être les banjos, les barbichettes ou les baratineurs, continua Angus alors qu'ils quittaient la bibliothèque.

– Je suis cuit ! gémissait Wiglaf. Complètement cuit !

– Ne sois pas si pessimiste ! le rabroua Érica. Dans le pire des cas, périr en affrontant un dragon, c'est une noble mort.

– Mais je ne veux pas mourir ! protesta Wiglaf.

– « Les ba... », ça pourrait être les baskets, poursuivit Angus alors qu'ils descendaient l'escalier. Ou les babouins. Ou les baïonnettes !

– Ça peut être un millier de choses ! s'exclama Wiglaf. Oh ! si seulement je pouvais disparaître !

Angus se figea brusquement.

– Avance ! ordonna Érica.

– Disparaître, répéta Angus qui se remit à descendre les marches tout doucement. Ça me donne une idée. Peut-être que ma tante Lobelia pourrait t'aider, Wiglaf. Parce qu'il y en a qui disent – il baissa la voix – que c'est une sorcière.

– Et toi, tu penses que c'est vrai ?

Angus hocha la tête.

– Ma mère dit souvent que Lobelia transforme les gens. Qu'elle fait des merveilles sur eux. Et tu sais quoi ?…

Il sourit.

– … Mordred lui a réservé une chambre ici, dans le château.

Wiglaf s'arrêta net.

– Avance ! cria Érica. Vous voulez qu'on arrive en retard ou quoi ?

Mais Wiglaf ne bougea pas.

– Angus, tu crois qu'on pourrait trouver quelque chose qui me transformerait dans la chambre de Lobelia ? quelque chose qui me ferait disparaître pour quelques jours ?

– Peut-être. On n'a qu'à aller voir. Je sais qu'oncle Mordred accroche la clé de sa chambre à un clou au-dessus de son bureau.

– On n'a pas le droit de fouiner, c'est écrit dans le règlement de l'EMD, leur rappela Érica.

Elle pointa le doigt vers sa médaille d'apprenti Massacreur de Dragons du mois, qu'elle portait en pendentif.

– Mais ne vous inquiétez pas, ajouta-t-elle, si vous y allez, je ne dirai rien. Maintenant, hors de mon chemin, je vais à l'entraînement, moi !

Elle écarta Wiglaf et Angus et se dépêcha de descendre.

Dix minutes plus tard, Angus entrouvrait avec précaution la porte du bureau de Mordred. Il jeta un œil à l'intérieur.

– La voie est libre, chuchota-t-il.

Wiglaf le suivit. Il n'osait pas imaginer ce que leur ferait le directeur s'il les trouvait là.

Les garçons s'approchèrent des clés. Ils étaient sur le point de décrocher celle qu'il leur fallait quand un gémissement étouffé les fit sursauter.

Wiglaf se retourna. Argh ! Mordred était là ! Angus ne l'avait pas vu parce qu'il était affalé sur son divan en velours.

Mordred portait un pyjama rouge et son visage était baigné de larmes. Il marmonnait entre ses dents :

— Un dragon sans or ! Hélas ! rien que d'y penser, ça me rend malade !

Wiglaf soupira. Mordred était bien trop occupé à se lamenter pour les remarquer.

Sans un bruit, Angus ôta la clé du crochet et les garçons sortirent du bureau sur la pointe des pieds.

Dans le couloir, Angus éclata de rire.

— Non, mais c'est un vrai bébé, ce Mordred ! s'exclama-t-il. Et tu as vu ses chaussons ? Tiens, justement, c'est peut-être ça

CHAPITRE 6 ■ ■ ■

que Sétha ne supporte pas, les babouches ?

– Laisse tomber, Angus, dit Wiglaf. On ne devinera jamais la faiblesse secrète de Sétha. Maintenant, mon seul espoir, c'est ta tante Lobelia.

Wiglaf et Angus se hâtèrent dans les couloirs sombres du château. Enfin, ils arrivèrent devant une large porte dans la Tour Est. Angus enfonça la clé dans la serrure. Clic ! La porte s'ouvrit.

Wiglaf entra. Il faisait très sombre. Il déglutit. Peut-être que ce n'était pas une si bonne idée de s'introduire dans la chambre d'une sorcière sans y avoir été invité ? Et si c'était piégé ? Et si Lobelia avait jeté un charme contre les intrus ?

Angus avança à tâtons jusqu'à la fenêtre et tira les rideaux. La lumière inonda la chambre.

Wiglaf examina la pièce. Il s'attendait à découvrir des étagères remplies de bocaux de feuilles d'ortie et de champignons vénéneux. Il espérait trouver des flacons

■ 47 ■ ■ ■

étiquetés « Potion d'invisibilité » ou
« Élixir anti-dragon ».

Mais, à la place, il vit une chambre
coquette. Des dizaines d'énormes malles
étaient alignées contre les murs. Dans un
coin trônait un immense miroir. Il y avait
des tapisseries un peu partout. Elles repré-
sentaient toutes saint Georges en train de
terrasser un dragon dans un bain de sang, à
différentes étapes du massacre. Wiglaf
détourna les yeux. Même le sang brodé sur
une tapisserie le rendait malade.

— Peut-être qu'elle range ses potions dans
les malles.

Angus se baissa pour vérifier.

— Celle-ci est ouverte, murmura-t-il.

Alors que Wiglaf l'aidait à soulever le
couvercle, une voix rauque les héla du couloir :

— Pas un geste !

Wiglaf et Angus se figèrent.

— Écartez-vous de la malle, continua la
voix. Allez, on se dépêche !

Chapitre sept

ournez-vous que je vous voie, espèce de petits fouineurs, ordonna la voix.

Wiglaf obéit en tremblant de peur.

– Tante Lobelia ! s'exclama Angus.

– Angus ? Dieu du Ciel !

La dame était stupéfaite. Elle en laissa tomber ses sacs de voyage.

– Je ne savais pas que tu devais arriver, tata, s'excusa Angus.

– Je m'en doute !

Wiglaf remarqua que la tante d'Angus avait les mêmes cheveux bruns et épais que Mordred. Elle avait également les mêmes yeux violets. Mais le directeur était plutôt costaud tandis que Lobelia était maigre comme un clou.

La sorcière n'avait pas l'air content.

Wiglaf avala péniblement sa salive. Et si elle décidait de le changer en crapaud ?

Deux chiens efflanqués, qui portaient des colliers de pierres précieuses, accompagnaient Lobelia. Ils se mirent à aboyer en reconnaissant Angus.

— Chut, Démon ! Lucifer, ça suffit ! ordonna leur maîtresse.

Elle ôta sa cape de velours bleu, découvrant une longue robe couleur argent.

— Bon, que cherchiez-vous, tous les deux ? Mes bijoux ?

— Non, tata, protesta Angus. Je suis désolé qu'on soit entré comme ça, mais c'était une urgence ! Je te présente mon ami Wiglaf. Il a besoin d'aide. Sétha le dragon arrive pour le tuer !

— Sétha ? s'écria Lobelia. La Bête de l'Est ?

Wiglaf hocha la tête.

— Alors c'est après vous qu'elle en a ! Mais pourquoi ?

— Eh bien, euh… j'ai… euh, enfin, disons que j'ai accidentellement tué son fils.

– Dommage pour vous ! s'exclama Lobelia. En venant, j'ai traversé le village de
Moudubidon. Sétha venait de passer par là.
Et elle avait laissé cette affreuse odeur derrière elle – Lobelia fronça le nez. Il faudrait
que quelqu'un lui offre une bouteille de
parfum, à ce dragon. Bref, poursuivit-elle,
apparemment Sétha s'est trompée. Elle
croyait que c'était l'homme le plus grand et
le plus fort de Moudubidon qui avait tué
son fils. Oh ! si vous aviez vu comme elle a
torturé ce pauvre homme ! Elle l'a fait jouer
à la chandelle jusqu'à ce qu'il s'écroule, à
bout de forces.

– Ça suffit, n'en dites pas plus, je vous en
prie, supplia Wiglaf.

Lobelia secoua la tête.

– Les habitants du village espèrent qu'il
retrouvera ses esprits un jour, mais ce n'est
pas sûr…

Wiglaf laissa échapper un petit couinement.

– Sétha doit arriver vendredi à midi,

expliqua Angus. Tu pourrais aider Wiglaf, tante Lobelia ?

– Évidemment, affirma Lobelia.

Wiglaf tomba à genoux.

– Merci, Dame Lobelia !

Fantastique ! Une sorcière allait l'aider grâce à ses pouvoirs magiques ! Bon, il pouvait se considérer comme sauvé. Il prit la main de Lobelia et essaya de l'embrasser.

Lobelia se dégagea brusquement.

– Relevez-vous, jeune homme ! ordonna-t-elle.

Puis elle se mit à tourner autour de lui. La tête penchée sur le côté, elle l'examina sous toutes les coutures.

– Pour commencer, dit-elle enfin, j'oublierais la tunique de l'EMD. Et ces vieilles chausses. Il vous faudrait une tunique en cuir. Marron, pour faire ressortir vos cheveux couleur carotte.

Wiglaf n'avait jamais vu une sorcière à l'œuvre jusque-là, mais il ne s'attendait pas à ça. Lobelia s'agenouilla au milieu

de ses malles et ouvrit tous les cou-
vercles.

De l'un des coffres, elle tira une chemise
à manches bouffantes et des chausses
jaunes matelassées. D'un autre, elle sortit
une paire de bottes marron. D'un troisième,
des jambières vert forêt et un casque.

– Ces cornes de bélier sur le casque,
ça impressionne, vous ne trouvez pas ?
demanda Lobelia. Oh, et cette peau de
loup ! C'est parfait, vous pouvez la jeter
négligemment sur une épaule, ça donne une
sorte de style viking !

Lobelia empila les vêtements dans les
bras de Wiglaf.

– Allez vous changer derrière cette tapisserie. On ne regardera pas, promis. Vous
savez, Wiglaf, comme on dit : « L'habit fait
le moine. » Ou le Massacreur de Dragons,
dans votre cas. Allez, allez ! Pressez-vous,
jeune homme !

Wiglaf échangea un regard perplexe avec
Angus. Mais il fit ce qu'elle lui disait.

Après tout, qui était-il pour mettre en doute les méthodes d'une sorcière ?

Wiglaf ôta sa tunique de l'EMD et ses chausses. Il passa la chemise. Puis il mit les jambières vertes et les lourdes chausses jaunes. Il enfila la tunique en cuir par la tête. Il chaussa les bottes et jeta la peau de loup sur son épaule, à la mode viking. Enfin, il posa le casque à cornes de bélier sur sa tête. En sortant de derrière la tapisserie, il se sentait vraiment ridicule.

Démon et Lucifer se mirent à grogner. Angus gloussa – jusqu'à ce qu'un regard noir de la tante Lobelia le fasse taire.

– Tournez sur vous-même, jeune homme, ordonna-t-elle. Que je voie le nouveau Wiglaf !

Wiglaf obéit.

Lobelia applaudit.

– Je suis géniale ! Sétha va tomber raide morte en vous voyant !

– C'est vrai ? s'exclama Wiglaf. Vous croyez ?

— Oui, enfin, façon de parler, répondit Lobelia.

Wiglaf sentit son cœur se serrer.

— Je ne pensais pas que ce serait aussi facile, dit-il. Mais, Dame Lobelia, il faudrait que Sétha tombe vraiment et réellement raide morte ! Sinon, elle va me tuer ! Oh, je sais que vous pouvez m'aider avec vos pouvoirs ! Angus m'a dit…

Wiglaf s'interrompit et jeta un coup d'œil vers son ami.

— Il a dit quoi ? demanda Lobelia en se tournant vers son neveu. Angus ? Qu'est-ce que c'est que cette histoire ?

— J'ai dit…, murmura Angus. J'ai dit… euh… qu'il se pouvait que tu sois une sorcière.

Les yeux de Lobelia jetaient des éclairs de colère.

— Une sorcière ! Qui t'a raconté ça ?

— Ma mère.

— Quoi ? Ma propre sœur ? s'écria Lobelia.

Angus hocha la tête.

— Elle dit que tu transformes les gens. Que tu fais des merveilles.

Sa tante sourit.

— Oh, je vois. C'est assez vrai dans un sens. J'arrive vraiment à transformer les gens. Avez-vous déjà entendu parler du roi Richard Cœur de Lion ?

Wiglaf et Angus hochèrent la tête.

— Avant que je l'arrange, vous savez comment on l'appelait ? demanda Lobelia. Richie Cœur de Poulet ! Et, à votre avis, qui l'a habillé d'une fière tunique rouge ? Qui lui a conseillé de se teindre la barbe en noir ? Moi ! s'exclama Lobelia. Moi ! Je l'ai transformé. Comme vous, Wiglaf. Imaginez, si Sétha voit en vous un petit élève de l'EMD, c'est elle qui va vous massacrer. Et, à ce que j'ai entendu dire, elle prendra tout son temps pour vous achever.

Wiglaf avala péniblement sa salive.

— Mais, poursuivit Lobelia, si Sétha vous prend pour un héros légendaire, vous lui inspirerez plus de respect. Et, qui sait ? Elle n'osera peut-être même pas vous tuer.

– Ce serait bien, approuva Wiglaf. Merci, Dame Lobelia.

Lobelia sourit.

– Il suffit de s'habiller comme un héros pour devenir un héros, Wiglaf. C'est ma devise !

Chapitre huit

Je suis désolé, Wiglaf, s'excusa Angus alors qu'ils sortaient tous les deux de la chambre de Lobelia.

– Pas autant que moi, soupira Wiglaf.

Il rajusta le casque à cornes de bélier sur sa tête. Il était tellement lourd ! Et la peau de loup le démangeait dans le cou. Enfin, le pire, c'était qu'il ne croyait pas du tout que cet accoutrement ridicule allait effrayer Sétha. Et, en plus, il avait oublié de reprendre ses vêtements. Qu'allaient dire les autres en le voyant ?

Ils arrivèrent au bureau de Mordred. Angus ouvrit la porte et pénétra dans la pièce.

Wiglaf jeta un coup d'œil à l'intérieur et constata que le directeur s'était endormi.

Angus allait remettre la clé sur le crochet quand Mordred ouvrit brusquement les yeux.

– Angus ? Qu'est-ce que tu fabriques ? demanda-t-il.

C'est alors qu'il aperçut Wiglaf sur le pas de la porte.

– Par les culottes du roi Ken ! s'exclama-t-il en se redressant. En quoi es-tu déguisé ?

Wiglaf entra timidement dans le bureau du directeur.

– Euh… en héros, messire.

– Pour effrayer Sétha, ajouta Angus.

– Tiens ta langue, mon neveu. Et ne prononce plus jamais le nom de ce bon à rien de dragon sans or en ma présence !

Mordred s'essuya le visage avec son grand mouchoir rouge et se retourna vers Wiglaf.

– Où diable as-tu déniché une tenue aussi ridicule ?

– C'est Dame Lobelia qui me l'a donnée, messire, répondit Wiglaf.

Mordred hocha la tête.

– Lobelia. Tout s'explique.

Puis soudain, il écarquilla les yeux, horrifié.

– Nom d'un dragon ! Lobelia est là ?

– Oui, oncle Mordred, confirma Angus.

– Mais elle ne m'a pas prévenu de son arrivée, gémit Mordred. Et j'imagine qu'elle n'a pas dit combien de temps elle comptait rester.

Angus secoua la tête.

– Et moi qui étais déjà à l'article de la mort ! Cinq minutes en compagnie de Lobelia, ça va m'achever ! s'exclama Mordred. Ouste, les garçons ! Filez ! Disparaissez ! Laissez-moi profiter des derniers instants de paix qu'il me reste !

Wiglaf commençait à sortir à reculons. C'est alors qu'il remarqua un journal sur le bureau du directeur. Le gros titre le pétrifia d'horreur.

Il saisit *Le Monde moyenâgeux* d'une main tremblante. Angus jeta un œil par-dessus son épaule. Ensemble, ils lurent :

LA DAME DRAGON TRAQUE
LE MEURTRIER DE SON FILS
Gorzil, le fils n° 92,
était le fiston chéri de sa maman

Ratamoustache, le 32 septembre

Le dragon Sétha von Flambé, connu également sous le nom de la Bête de l'Est, est déchaîné. Sétha et feu son époux, Fangol, ont donné naissance à 3 684 petits dragons. L'un d'eux sortait du lot, c'était celui qu'elle avait prénommé Gorzil.

« Gorzil n'était vraiment pas un dragon comme les autres, a confié sa mère à nos envoyés spéciaux juste avant de mettre le feu au village de Ratamoustache hier. Quand je trouverai la brute qui l'a tué, je ne sais pas ce que je ferai. Mais ce ne sera pas beau à voir, croyez-moi ! »

Éternelle lauréate du Grand Prix du Dragon Puant, Sétha est connue pour ses facéties. Elle adore jouer. Mais, quand elle joue avec ses victimes, il n'y a qu'elle qui s'amuse. Elle a terrassé Messire Duplu-meau en lui faisant danser la capucine, jus-qu'à ce qu'il ne tienne plus debout. Elle a estourbi d'autres valeureux chevaliers en leur faisant subir des supplices trop hor-ribles pour être mentionnés.

Alors, à celui qui a tué le fiston chéri de Sétha, tout ce qu'il nous reste à dire, c'est... bye-bye !

Wiglaf avala sa salive avec un gros GULP ! Il n'avait jamais eu aussi peur de sa vie. Il aurait presque préféré que Lobelia le change en crapaud. Au moins, il serait resté en vie !

Chapitre neuf

Wiglaf ne ferma pas l'œil de la nuit. Le jeudi matin, en se levant, il se disait que c'était sans doute le dernier jour de sa vie !

Bon, eh bien, autant en profiter au maximum.

Wiglaf enfila sa tenue de héros et coinça son épée dans sa ceinture.

Pour le petit déjeuner, il mangea ses anguilles brouillées, puis se rendit en cours d'Anatomie des Dragons avec ses amis.

— « Les ba... », ça pourrait être les bactéries, suggéra Angus à Wiglaf en chemin. Il y a des microbes qui sont vraiment affreux, je te jure.

— Ça pourrait aussi être les bandits, intervint Érica.

— Mais Sétha n'a pas d'or, alors elle se

fiche bien des bandits, remarqua Angus. Eh ! ça pourrait être les baobabs !

Wiglaf se gratta le cou. Cette peau de loup miteuse lui donnait d'affreux boutons. Il écoutait à peine Angus et Érica qui continuaient à énumérer tous les mots en « ba… » qui leur passaient par la tête. Il savait que ses amis essayaient simplement de l'aider. Mais à quoi cela servait-il ? C'était impossible de deviner la faiblesse secrète de Sétha !

Le trio entra dans la salle d'anatomie.

– Attention ! attention ! annonça Torblad. Voici M. LaGrosseTête !

Wiglaf s'efforça de l'ignorer. Toute la journée de la veille, les autres n'avaient pas arrêté de se moquer de lui. Ils disaient qu'il portait un chien écrasé autour du cou. Qu'il avait un casque avec des cornes de vache. Et chaque fois qu'il passait près d'eux, ils meuglaient bruyamment. Mais M. LaGrosseTête, c'était pire que tout, pensa Wiglaf.

Lui qui voulait bien profiter de sa dernière journée, c'était raté !

— La ferme, Torblad ! répliqua Érica. Si j'étais toi, je me tairais, monsieur LaTrouille !

Le professeur d'Anatomie des Dragons, le grand et maigre Dr Sloup, venait d'arriver.

— S-silence, s-s'il vous plaît, me-ss-ssieurs ! siffla le Dr Sloup.

Le Dr Sloup avait un cheveu sur la langue qui le gênait pour prononcer les « s ». Tous les élèves de l'EMD essayaient d'arriver en avance à son cours : ils voulaient tous s'asseoir au fond de la salle pour éviter d'être arrosés de postillons.

Wiglaf, Angus et Érica n'étaient pas arrivés très tôt. Du coup, ils durent prendre les dernières places qui restaient – au premier rang.

— Ze voudrais toute votre atten-ssss-tion, mes gar-ssss-çons, commença le Dr Sloup.

Il déroula un grand schéma qui représentait un dragon. Toutes les parties de son corps étaient étiquetées. Le Dr Sloup pointa un bâton sur le ventre.

— Sss-cette partie gra-ss-ssouillette est la pan-ss-se. Ss-son nom ss-scientifique est le *pan-ss-sum dragoni-zz-zum*.

Érica leva aussitôt la main.

— Pouvez-vous nous l'épeler, messire ?

— Avec plai-zzz-sir, répondit le Dr Sloup. *P-a-n-S-S-S-S...*

Wiglaf se fichait bien de l'écrire correctement. Il se fichait même que le Dr Sloup les éclabousse de postillons. Il ne quittait pas le schéma du dragon des yeux.

Mais, à la place, il voyait le portrait de Sétha qu'il avait trouvé dans le livre de Frère Dave.

— Le *pan-ss-sum dragoni-zz-zum* est plein de chozes ss-semi-dizérées. Ss-ça peut être des sardines. Ou du saumon. Ss-si vouzz enfon-ss-cez votre lan-ss-ce dans le *pan-ss-sum dragoni-zz-zum*...

Le Dr Sloup submergeait sa classe d'informations scientifiques sur les dragons.

Mais la seule info qui intéressait Wiglaf, c'était que Sétha arrivait le lendemain !

Angus n'arriverait jamais à deviner sa faiblesse secrète. Érica pouvait toujours parler, elle n'aurait aucune chance face à Sétha. Et la tenue de héros de Lobelia ? Quelle bonne blague ! Sétha ne se laisserait pas berner par cet accoutrement. Elle verrait tout de suite que, sous la peau de loup, il y avait tout sauf un héros !

Personne ne pouvait donc l'aider ?

– Dans le *pan-ss-sum dragonizum*, continuait à postillonner le Dr Sloup, vous déniss-erez peut-être un mor-ss-ceau de co-ss-on ou un…

Les mots du Dr Sloup firent tout à coup sursauter Wiglaf. Un cochon. Un cochon. UN COCHON ! Oui ! Daisy pourrait peut-être l'aider ! D'accord, c'était un cochon, mais elle était plus futée que la plupart des gens qu'il connaissait. Et, depuis que le sorcier Zelnoc lui avait jeté un sort, Daisy parlait le latin de cuisine. Peut-être qu'elle pourrait lui dire comment s'en sortir. Et, même si elle n'en avait aucune idée, Wiglaf avait envie de la voir. Une dernière fois.

Alors, après le cours d'Anatomie des Dragons, Wiglaf sécha le cours de Récurage et fila au poulailler.

— Daisy ?

Wiglaf l'appela doucement pour ne pas effrayer les poules.

— Daisy ? Où es-tu ?

Wiglaf entendit trottiner sur le sol de terre battue. Son cochon avait bondi de sa niche en poussant un couinement perçant. Les poules se mirent à battre des ailes en caquetant furieusement.

— C'est moi, Daisy !

— Wiglafum ? s'étonna Daisy, reculant de quelques pas.

— Bien sûr que c'est moi.

Il ôta son casque à cornes de bélier.

— Tu vois ?

Une fois que Daisy et les poules se furent habituées à sa tenue de héros, Wiglaf s'ins-

talla dans un coin avec son cochon. Daisy
se pelotonna contre lui et l'écouta attentive-
ment. Quand il mentionna la mère de Gorzil, Daisy sursauta :

— Séthanum ? La Bêtum de l'Estum ?

— Oui, la Bête de l'Est, confirma Wiglaf
en hochant tristement la tête. Sa faiblesse
secrète commence par « ba… ». C'est tout
ce que je sais.

D'une voix tremblante, Daisy proposa :

— Le baconum ?

— Non, c'est « les ba… » quelque chose,
et, de toute façon, je ne laisserai jamais
Sétha t'approcher, Daisy !

Il lui planta un bisou sur le groin.

— Elle arrive demain à midi, continua-t-il.
Qu'est-ce que je dois faire ?

— Appelum Zelnocum, lui conseilla le
cochon.

— Le sorcier ? Mais ses sorts ne marchent
jamais. Il l'a reconnu lui-même. Il était dans
la mare aux Sorciers pour réparation quand
on l'a rencontré.

– Alorsum quinum pourraitum t'aide-rum ?

– Bonne question !

Wiglaf réfléchit un moment.

– D'accord, Daisy, dit-il finalement. Je vais appeler Zelnoc. Un sorcier cassé, c'est toujours mieux que rien.

Chapitre dix

À cette époque-là, tout le monde savait comment appeler un sorcier. Tout ce que Wiglaf avait à faire, c'était de dire le nom de Zelnoc à l'envers à trois reprises.

Avec son doigt, Wiglaf écrivit par terre dans la poussière : Z E L N O C.

Puis il l'écrivit à l'envers : C O N L E Z.

Et il s'écria :

– Conlez, conlez, conlez !

Soudain, un petit filet de fumée apparut. Il grossit, prit la forme d'une colonne de fumée bleue… et Zelnoc sortit du nuage. Il portait son chapeau pointu et sa robe bleue étoilée.

– Nom d'une chauve-souris pleine de furoncles ! brailla Zelnoc. On m'a fait apparaître dans un poulailler ?

Il se tourna vers Wiglaf.

— Et toi, qui es-tu ? Attends ! Ne me le dis pas. Ça me revient. Tu as essayé de me tirer de la mare aux Sorciers. Tu t'appelles Wig-wam, n'est-ce pas ?

— Wiglaf, messire. Merci d'être venu.

— Comme si j'avais le choix !

Zelnoc secoua la tête.

— Tu parles ! Nous, les sorciers, quand on nous appelle, on arrive, c'est tout. On est obligé. C'est la règle numéro 598 du Code des Sorciers.

Daisy prit la parole :

— Bonjourum, sorcierum !

— Bonjour, cochon ! Où diable as-tu appris le latin de cuisine ? Oh ! je me sou-viens. Mon sort n'a pas fonctionné correc-tement, soupira Zelnoc. Comme d'habi-tude ! Bon, que puis-je faire pour toi, Wiglump ? Dis-moi vite ! Je veux retourner au Congrès des Sorciers. Zizmor l'In-croyable était juste en train de commencer sa démonstration. C'est fou ce que ce sorcier peut faire avec quelques yeux de triton et une goutte de sang de chauve-souris ! Et si tu voyais son nouveau bâton magique ! C'est un modèle dix vitesses ! Il peut jeter n'importe quel sort en deux fois moins de temps que les autres !

— Justement, j'aurais bien besoin d'un sort en urgence, intervint Wiglaf. Car le dragon Sétha arrive demain pour me tuer.

Zelnoc recula prestement.

— Sétha ? La Peste de l'Ouest ?

— Non, la Bête de l'Est, corrigea Wiglaf.

— Humpf..., grogna Zelnoc, jamais entendu parler.

— Eh bien, en tout cas, elle vient pour me tuer. Je suis mort de peur ! C'est pour ça que je vous ai appelé. Est-ce que vous auriez un sort qui pourrait m'aider ?

Zelnoc se gratta l'oreille.

— Il te faudrait un sort de Courage. Mais est-ce que je vais arriver à m'en souvenir ?

Zelnoc réfléchit une minute. Puis il claqua des doigts.

— Je sais ! Vite, Wigleuf ! Il faut que je dise la formule avant de l'oublier.

Zelnoc remonta ses manches. Il tendit les bras vers Wiglaf en faisant gigoter ses doigts.

— C'est pour me dérouiller un peu, expliqua le sorcier. Bon. Compte jusqu'à trois pour moi, cochon.

— Unum, dit Daisy. Deuxum. Troisum !

Zelnoc se mit à réciter :

— Les roses sont rouges. Les violettes bleues. Le sucre est…

— Pardon, messire ? le coupa Wiglaf.

— Il ne faut jamais interrompre un sorcier au beau milieu d'une formule ! cria Zelnoc. Jamais !

— Mais vous êtes sûr que ça commence comme ça, un sort de Courage ? s'inquiéta Wiglaf.

Zelnoc réfléchit à nouveau.

— Il y a quelque chose qui cloche, hein ? Ça ne doit pas être ça.

Il se tapota le crâne.

– Sort de Courage, où es-tu passé ? Ah ! je l'ai. Recommence à compter, cochon !

Daisy obéit.

– Unum ! Deuxum ! Troisum !

Zelnoc posa une main sur sa hanche, puis il plia l'autre bras devant le bout de son nez et se mit à chanter :

– Je suis une petite théière, jolie et fière. Prenez ma poignée, je verse du thé !

– Stopum, sorcierum ! s'écria Daisy.

– Messire ! protesta Wiglaf. Ça ne doit pas être ça non plus !

– Nom d'un crapaud plein de verrues ! s'exclama Zelnoc. Je vais appeler Zizmor. Lui, il saura s'y prendre.

Zelnoc ferma les yeux et répéta :

– Romziz, romziz, romziz !

Rien ne se produisit.

Il essaya de nouveau :

– Romziz, romziz, romziz !

Toujours rien.

– Nom d'une limace pleine de sangsues ! gronda Zelnoc.

Il jeta son chapeau pointu par terre et se mit à le piétiner en hurlant sans s'arrêter :

– Romziz, romziz, romziz !

POUF ! Soudain, le poulailler se remplit de fumée. De la fumée rouge. De la fumée jaune. De la fumée d'un violet éclatant.

Les poules bondirent de leurs nids et se ruèrent hors du poulailler en toussant tout ce qu'elles pouvaient.

– Va-t'enum, Wiglafum ! cria Daisy.

Mais Wiglaf resta où il était. Les yeux agrandis de stupeur, il vit la fumée tourbillonner pour former de grandes colonnes. De chaque colonne sortit un sorcier qui portait une robe de la couleur de la fumée. En tout, il y avait deux douzaines de sorciers dans le poulailler. Ils regardaient autour d'eux en marmonnant.

– Zelnoc ? chuchota Wiglaf. Ce sont des amis à vous ?

– Sacré nom d'une étoile ! s'exclama Zelnoc. J'ai fait apparaître le congrès tout entier.

Un très grand sorcier en robe rouge, avec

des yeux rouges flamboyants, frappa le sol de son bâton. Les autres sorciers se turent.

– Vous m'avez appelé ? demanda-t-il à Wiglaf.

– Euh… c'est-à-dire que… non, messire, répondit Wiglaf. Vous voyez, c'est Zelnoc qui...

– Zelnoc !…

Le sorcier en rouge tournoya sur lui-même.

– … Encore lui ! J'aurais dû m'en douter !

– Pardon, ô grand Incroyable ! s'excusa Zelnoc.

Il ramassa son chapeau tout écrabouillé et l'enfonça sur sa tête.

– Je voulais juste vous appeler, vous, Ziz. Seulement vous.

Zizmor l'Incroyable lui adressa une moue méprisante.

– Bon, et qu'est-ce que tu voulais ?

– Demain, ce pauvre garçon doit affronter Sétha, expliqua Zelnoc en poussant Wiglaf devant lui.

Zizmor se figea.

– Sétha ? La Bête de l'Est ?

– Oui, messire, répondit Wiglaf.

Il entendit les autres sorciers murmurer :
« Il est fini. Pauvre gamin. Il va y rester,
c'est sûr. »

– Alors, poursuivit Zelnoc, je me suis dit :
« Zelnoc, espèce de vieux croûton, espèce
de vieille chaussette, qui pourrait jeter un
sort de Courage efficace à ce pauvre gars
sinon Zizmor l'Incroyable ? »

Zizmor leva un sourcil.

– Justement, il se trouve que je viens de
mettre au point un nouveau sort de Courage. Mais il en est encore au stade expéri-
mental.

– Je suis prêt à essayer n'importe quoi !
affirma Wiglaf. Je vous en supplie, messire !
Pouvez-vous m'aider ?

– C'est aussi bête que de demander si les
trolls vivent sous les ponts, répliqua Zizmor. Bien sûr que je peux t'aider. Et je
vais le faire. Avec plaisir. Je serai ravi de

me venger de cette sale bête cracheuse de feu.

– Et pourquoi donc, messire ? demanda Wiglaf.

– Sétha a mis le feu à ma tour, expliqua Zizmor. Sans aucune raison. Comme ça, en passant au-dessus, elle s'est penchée et elle l'a incendiée !

Le grand Incroyable secoua la tête.

– Depuis, chez moi, c'est un vrai défilé de charpentiers, de peintres, de plombiers et de maçons. Et je n'ose pas imaginer la facture !

Il ferma ses yeux rouges et inspira profondément pour se calmer.

– Très bien, mon petit gars, dit-il en rouvrant les yeux. Tu es prêt à recevoir une bonne dose de courage ?

– Je crois que oui, messire, répondit Wiglaf.

– Je vais t'en donner une double dose, décida Zizmor. Non, pour Sétha, il vaudrait mieux tripler la dose, je pense. Mes triples sorts ne font pas effet très longtemps. Mais tant qu'ils marchent, c'est incroyablement incroyable !

– Bonum chançum, Wiglafum ! chuchota Daisy.

Wiglaf fit un petit signe à son cochon puis il croisa les doigts, prêt à recevoir le sort.

Zizmor l'Incroyable demanda à ses collègues sorciers de former un cercle autour de Wiglaf. Ils tendirent tous les bras vers lui. Zizmor leva son bâton magique à dix vitesses au-dessus de la tête de Wiglaf et se mit à psalmodier à voix basse :

Trouillard, geignard, dégonflé,
Espèce de poule mouillée,
Lâche, pleurnichard, mou du genou,
Poltron qui a peur de tout.
Change ce petit gamin tout moche,
En Héros-sans-peur-et-sans-reproche !

Des étincelles s'échappèrent du bâton de Zizmor.

Wiglaf retint sa respiration quand elles retombèrent en pluie sur lui. Ziz ! Ziz ! Ziz ! Les étincelles explosaient en scintillant. Un courant d'air furieux bourdonnait dans ses oreilles. Puis les sorciers se mirent à tourbillonner sous ses yeux.

Et, soudain, Wiglaf se retrouva étendu par terre dans le poulailler.

Tous les sorciers le regardaient.

Zelnoc se pencha vers lui :

— Tu m'entends, mon p'tit gars ? Réponds-moi !

Chapitre onze

Où est Sétha ? gronda Wiglaf en bondissant sur ses pieds. Où se cache ce laideron de dragon ?

– Euh… tu avais dit qu'elle devait arriver demain, lui rappela Zelnoc.

– Je ne peux pas attendre !

Wiglaf ramassa son casque à cornes de bélier et l'enfonça sur sa tête d'un air décidé.

– Je veux débarrasser le monde de la Bête de l'Est dès aujourd'hui ! D'abord, je vais lui trancher la tête ! annonça-t-il en dégainant son épée pour la faire siffler dans les airs. Puis je lui poignarderai le cœur !

Il se pencha en avant en criant :

– Prends ça, espèce de charognard à écailles !

– Ouh là, là ! soupira Zelnoc. J'ai l'impression que vous avez un peu forcé la dose, Ziz.

– Balivernes ! répliqua Zizmor d'un ton méprisant.

Puis il s'adressa aux autres sorciers :

– Bien, chers collègues enchanteurs, il me semble que nous avons rempli notre tâche. Si nous retournions à notre congrès ? Je crois qu'il y a une dégustation de potion magique prévue ce soir.

– Attendez-moi, Ziz ! s'exclama Zelnoc. Bonne chance, Wigloup !

– Pas besoin de chance, rugit Wiglaf. Pas moi ! Moi, le courage me suffit !

– Ouh ! là, là ! répéta Zelnoc tandis que la fumée commençait à remplir le poulailler.

Dix secondes plus tard, sorciers et fumée avaient disparu.

Wiglaf sortit du poulailler en agitant son épée devant lui et en criant :

Attention, Sétha !

Prends garde, me voilà !

Voilà le guerrier de l'EMD !
Entraîné pour te massacrer !
Oui, oui, oui, pas de pitié !
Je vais te tuer, tuer, TUER !

Daisy courut à la porte du poulailler pour l'appeler :

– Attendsum, Wiglafum !

– Désolé, rôti de porc, répliqua Wiglaf. J'ai un dragon à massacrer !

Le Héros-sans-peur-et-sans-reproche traversa la cour du château d'un pas viril. De la pointe des cornes de bélier de son casque jusqu'au bout de ses nouvelles bottes, il était rempli de courage. Il ne voulait qu'une chose – passer à l'action !

– Il paraît que Sétha aime s'amuser, c'est ça ? gronda-t-il. Eh bien, on va voir si ça l'amuse quand je vais lui enfoncer mon épée dans le *pansum dragonizum* !

Wiglaf vit que Messire Mortimer avait fait sortir les élèves de première année sur les marches du château pour organiser un

Relais-Poubelle. C'était une idée de Mordred pour leur faire ramasser tous les déchets qui traînaient dans la cour.

— Wiglaf ! s'écria Érica. On te cherchait !

Elle abandonna les autres pour courir le rejoindre. Angus la suivit en agitant un morceau de parchemin.

— J'ai commencé une liste de tous les « ba… ». Je vais finir par découvrir la faiblesse secrète de Sétha, j'en suis sûr ! Écoute : les bateaux-mouches, les balalaïkas, les bas de laine, les barbiers, les barons, les balais, les basses-cours…

— Stop ! hurla Wiglaf. Peu m'importe la faiblesse secrète de Sétha, car, avec mon épée, je m'en vais la massacrer !

Érica écarquilla les yeux.

— Wiglaf, tu n'as pas l'air dans ton assiette. Où cours-tu comme ça ?

— Je suis en chemin pour débusquer la Bête de l'Est ! s'exclama Wiglaf. Je ne vais pas rester ici à attendre qu'elle vienne me tuer. Que nenni ! Je m'en vais à sa rencontre pour la tuer ! Je vais tailler ce dragon en pièces !

– C'est bien, Wiggie ! le félicita Érica en levant le poing dans les airs. Enfin, tu parles comme un vrai Massacreur de Dragons !

Wiglaf bomba le torse et repartit d'un pas décidé vers le poste de garde. Il commença à traverser le pont-levis. Angus et Érica devaient courir pour le suivre.

– Attention ! s'écria Angus en se figeant soudain. Créature bizarre à l'approche !

Wiglaf tira son épée.

– Quelle créature ? Ne craignez rien ! Je vous protège !

Il suivit le doigt d'Angus. Un lapin géant arrivait en bondissant vers le château.

– Fuyez ! leur cria le lapin sans s'arrêter. Fuyez si vous voulez sauver votre peau !

Wiglaf rengaina son épée. « Il ne sied point à un héros de massacrer une créature aussi inoffensive », se dit-il.

– Vous avez entendu le lapin ! reprit Angus. Vite, rentrons dans le château !

Il agrippa Wiglaf par sa peau de loup et essaya de le traîner vers le poste de garde.

– Lâche-moi, manant ! protesta Wiglaf en se débattant.

Le lapin s'était rapproché et ils s'aperçurent que ce n'était pas un lapin du tout. C'était un homme déguisé en lapin.

Érica l'examina en fronçant les sourcils.

– Yorick ? C'est toi ?

– Oui, confirma-t-il, je suis venu vous prévenir que je m'étais trompé. Sétha ne va pas arriver vendredi midi. Vous voyez, j'aurais dû multiplier la vitesse du vent par la largeur du nuage de fumée, puis diviser…

– Il suffit, Yorick ! rugit Wiglaf. Venez-en au fait !

– Sétha doit arriver à midi jeudi, annonça Yorick.

– Mais nous sommes jeudi ! fit remarquer Angus. Et il est presque midi !

– Exact. Et devinez quoi ? La voilà !

Chapitre douze

Wiglaf leva les yeux vers le ciel. Au loin, il vit un petit nuage noir. Il renifla. Beurk ! ça sentait l'œuf pourri ! Wiglaf ajusta son casque à cornes de bélier, épousseta sa peau de loup, tira son épée et prit une pose virile sur le pont-levis.

— Sétha, il te reste peu de temps à vivre ! rugit-il en direction du ciel. Car je suis né pour te tuer !

Yorick s'éloigna pas à pas de Wiglaf. Puis il fit volte-face et traversa le pont-levis aussi vite que les jambes de son costume de lapin le lui permettaient.

— La voilà ! hurlait-il. Sétha est là !

Mordred passa la tête par la fenêtre d'une des tours.

— La voilà ? Misère !

– Ne craignez rien, Sétha a trouvé son maître ! cria Wiglaf au directeur de l'école. C'est moi, précisa-t-il. Je suis son maître !

– Ah bon ?

Mordred haussa les sourcils, l'air incrédule. Puis il porta un sifflet à ses lèvres et souffla jusqu'à devenir aussi rouge que son pyjama – qu'il n'avait pas quitté.

– Tout le monde dans le château ! ordonna-t-il. Vite ! Dépêche-toi, Angus ! Toi aussi, Éric !

– Non ! répliqua Érica. Je dois rester pour affronter ce dragon !

– Euh, moi aussi, j'imagine, dit Angus.

Wiglaf leva la tête. Le nuage noir progressait rapidement vers l'EMD.

– Angus ! hurla Mordred. Rentre immédiatement ! Tu sais ce que ta mère me fera si je te laisse entre les pattes d'un dragon ?

– Désolé, Wiglaf, fit Angus en haussant les épaules.

Puis il se rua à l'intérieur du château à une vitesse surprenante.

Le nuage noir amorçait sa descente. Wiglaf vit de la fumée verte s'échapper tout autour. Mais le milieu était noir comme une nuit sans lune.

— Toi aussi, Éric ! vociféra Mordred. Rentre !

— Non, messire ! Je me battrai au côté de Wiglaf.

Le nuage descendait de plus en plus bas. L'odeur d'œuf pourri était de plus en plus forte.

— Dans le château, j'ai dit ! rugit Mordred. Immédiatement !

On entendait le tonnerre gronder à l'intérieur du nuage.

— Jamais ! cria Érica. Je n'abandonnerai jamais mon compagnon d'armes au combat ! C'est la règle numéro 37 des Massacreurs de Dragons.

Une fois de plus, le visage de Mordred devint aussi rouge que son pyjama.

— Je t'ordonne de rentrer dans le château ! Viens ici tout de suite ! Ou je te reprends ta

médaille d'apprenti Massacreur de Dragons !

Érica se figea et serra sa médaille dans sa
main.

– Obéis ! lui dit Wiglaf. Sétha est mon
dragon ! C'est mon combat !

Le regard d'Érica oscillait entre Wiglaf et
Mordred.

– Bon, d'accord, déclara-t-elle finalement. Mais je veux que tu prennes ça.

Elle fourra un petit poignard pointu dans
la main de son ami.

– Je l'ai commandé dans le catalogue de
Messire Lancelot. C'est un « Coup Fatal »
bien aiguisé. Bonne chance, Wiggie !

Sur ces mots, Érica traversa le pont-levis
d'un pas triste. Wiglaf glissa le poignard
dans sa botte, puis il se retrouva seul à l'entrée du château. Le nuage noir, grondant et
puant, s'arrêta juste au-dessus de l'EMD.

– Je t'attends de pied ferme, Sétha ! cria
Wiglaf.

Le nuage s'approcha. Et l'affreuse tête de

Sétha sortit de la fumée. Ses yeux jaunes étincelaient. Sa longue langue pointait hors de sa bouche.

— Eh bien, me voilà ! répondit-elle.

Wiglaf eut un haut-le-cœur en sentant l'haleine du dragon. On aurait dit qu'elle s'échappait d'une poubelle vivante.

Sétha déploya ses ailes et descendit de son nuage pour atterrir près des douves du château.

Son odeur atterrit avec elle. Wiglaf se dit qu'il aurait presque préféré que Zizmor l'ait changé en Héros-sans-odorat-et-sans-flair. Il comprenait pourquoi Sétha gagnait sans problème le concours du Dragon Puant.

— JE SUIS SÉTHA ! gronda le dragon. QUE CELUI QUI A TUÉ MON FISTON CHÉRI SE PRÉPARE À MOURIR !

Chapitre treize

’est moi qui ai tué Gorzil ! cria notre Héros-sans-peur-et-sans-reproche au dragon.

– TOI ?

Sétha découvrit ses dents pointues dans ce qui devait être un sourire.

– TU NE POURRAIS MÊME PAS TUER UNE MOUCHE, TELLEMENT TU ES PETIT !

– Et pourtant, c'est moi l'auteur de cet exploit ! hurla Wiglaf. Moi ! Wiglaf de Pinwick, Massacreur de Dragons !

– DANS CE CAS, DIS-MOI, WIGLAF, COMMENT GORZIL EST MORT ? MORT DE RIRE EN VOYANT TON ACCOUTREMENT RIDICULE ?

CHAPITRE 13 ■ ■ ■

– Oui, il est mort de rire, répondit Wiglaf. En entendant les blagues que je lui racontais. De mauvaises blagues. Très très mauvaises.

– OH ! TU AVAIS DEVINÉ SA FAI-BLESSE SECRÈTE !

D'énormes larmes orange jaillirent de ses yeux et roulèrent sur ses joues couvertes d'écailles. Elle renifla.

– MON GORZOUNET AVAIT TOUT POUR RÉUSSIR ! MON PETIT CHÉRI ÉTAIT UN VRAI GOINFRE ! PARES-SEUX ! MALPOLI ! CRUEL ! IL TRI-CHAIT DÈS QU'IL EN AVAIT L'OCCA-SION ! IL ÉTAIT… PARFAIT !

Sétha s'essuya le nez du bout des griffes.

– MAIS ASSEZ BAVARDÉ ! gronda-t-elle. L'HEURE DE LA VENGEANCE A SONNÉ !

Sétha prit son envol pour se poser sur la muraille du château. Elle observa les alen-tours. Ses yeux tombèrent sur le dragon d'entraînement du professeur Baudruche, dans un coin de la cour.

■ 97 ■ ■ ■

– JE VAIS TE FAIRE UNE PETITE DÉMONSTRATION ! VOILÀ À QUOI ON POURRAIT JOUER TOUS LES DEUX, WIGLAF ! s'exclama Sétha. AU CRACHE-BALL !

Un bruit rauque s'échappa du fond de sa gorge et une boule de feu en sortit. Elle la cracha sur le dragon de bois. WOUCH ! Le vieux Poiluche s'enflamma.

Mordred passa la tête par la fenêtre de la tour et mit ses mains en porte-voix autour de sa bouche.

– Excusez-moi, Dame Dragon ?

Sétha se tourna vers la fenêtre.

– À QUI AI-JE LE DÉSHONNEUR ?

– Mordred, Votre Puanteur. Je suis le directeur de l'École des Massacreurs de Dra… hum, de cette école, annonça-t-il en s'inclinant. Allez-y, amusez-vous tant que vous voulez avec ce garçon. Mais, s'il vous plaît, essayez de ne pas mettre le feu à l'école. J'ai peur qu'une étincelle…

Sétha le coupa en crachant une boule de feu dans sa direction. Le directeur disparut vite à l'intérieur de la tour.

Le dragon retourna en volant se poser dans l'herbe près de Wiglaf.

– BIEN… COMMENT POURRAIS-JE TE FAIRE TON AFFAIRE ?

Elle tapotait ses écailles du bout des griffes, l'air pensif.

– ON POURRAIT JOUER AU BADMINTON ET TU SERAIS LE VOLANT ?

– Peu importe, Sétha ! grogna Wiglaf. Mais je jure sur les cornes de bélier de mon casque que c'est toi qui vas mourir !

Il agita son épée dans les airs et, avec un cri de guerre impressionnant, il se jeta sur la bête.

Les yeux de Sétha s'élargirent de surprise. Puis elle souffla une bouffée d'haleine brûlante droit sur Wiglaf.

La bourrasque chaude et puante le frappa de plein fouet. Sa peau de loup grésilla et se ratatina comme une côtelette au barbecue.

La sueur perla sous son casque. Mais il continua à charger le dragon.

D'une griffe, Sétha lui arracha son épée. De l'autre, elle lui donna une chiquenaude. Wiglaf bascula tête la première et s'en alla rouler sur le sol.

Il s'arrêta juste au bord des douves. Avant qu'il ait pu se relever, Sétha harponna sa peau de loup du bout de la griffe et le fit décoller du sol.

Wiglaf gigotait comme un fou dans les airs, mais le dragon le soulevait de plus en plus haut. Bientôt il se retrouva face à face avec l'horrible mère de Gorzil.

– Arrière, dragon puant ! cria-t-il. Tu sens encore plus mauvais qu'un millier de putois réunis !

Sétha sourit.

– MERCI.

Wiglaf n'était qu'à quelques centimètres de sa tête.

Il voyait ses écailles toutes crasseuses, la croûte de morve séchée qui entourait ses narines, ses crocs verts de mousse avec des trous de la taille de moules à tarte.

– HUMMMM… QUELLE POURRAIT ÊTRE LA PIRE DES MORTS POUR TOI ? JE SAIS ! LE SUPPLICE DES CHATOUILLES ! TU VAS MOURIR DE RIRE – EXACTEMENT COMME MON GORZOUNET !

– Pas moyen ! répliqua le Héros-sans-peur-et-sans-reproche. Je supporterai le supplice !

Les griffes sales du dragon se rapprochaient dangereusement de lui.

– GUILI-GUILI-GUILI ! s'écria Sétha.

Elle chatouilla Wiglaf sur le ventre. Dans le cou. Sous les bras.

– GUILI-GUILI-GUILI !

Mais Wiglaf n'esquissa même pas l'ombre d'un sourire.

– C'EST PAS JUSTE ! T'ES PAS CHA-TOUILLEUX !

Sétha bouda une minute.

– MAIS JE CONNAIS D'AUTRES

JEUX. DES TAS D'AUTRES JEUX ! ON
VA JOUER AU « GRAND PLON-
GEON » !

Sans lâcher Wiglaf, Sétha déploya ses
ailes et décolla. Elle se posa sur le toit du
poste de garde et suspendit Wiglaf au-
dessus des douves au bout d'une griffe.

– TU SAIS FAIRE LE SAUT DE
CARPE ? HMMM ?

Wiglaf baissa les yeux. Des centaines
d'anguilles affamées le regardaient en faisant claquer leurs mâchoires.

– Tu ne me fais pas peur, Sétha ! cria-t-il
en tirant le poignard d'Érica de sa botte. Car
je suis le Héros-sans-peur-et-sans-reproche !

– AH ! OUI ? rugit le dragon. EH BIEN,
MOI, JE SUIS LE DRAGON-QUI-FAIT-
PLEURER-LES-VAILLANTS-HÉROS-
COMME-DES-BÉBÉS !

Wiglaf ouvrit la bouche pour répliquer.
Mais il fut pris de vertiges. Il voyait des
éclairs fendre les airs. Il entendait le vent
hurler. La tête de Sétha s'effaçait peu à peu.

Il ferma les yeux.

Quand il les rouvrit, le sort de Courage ne fonctionnait plus.

Le Héros-sans-peur-et-sans-reproche avait disparu.

Maintenant, au bout de la griffe du dragon, pendait Wiglaf la Poule Mouillée.

Chapitre quatorze

aaaaaaaaaaah ! hurla Wiglaf.

Il avait l'impression que son cœur allait lâcher de terreur. D'une seconde à l'autre, Sétha allait le rôtir vivant ! Ou le faire griller sur place ! Ou le donner à manger aux anguilles !

Il essaya de se cacher les yeux dans les mains. Mais… qu'est-ce qu'il avait donc à la main ?

– TU DEVRAIS PEUT-ÊTRE ESSAYER UN DOUBLE SAUT PÉRILLEUX ! rugit Sétha en le balançant de plus en plus fort au-dessus des douves.

Wiglaf ne répondit pas. Il était en train d'examiner le poignard. Il était vraiment très très pointu ! Et s'il s'en servait pour poignarder Sétha ? Mais, rien que d'y penser, il avait mal au cœur. En frissonnant, Wiglaf laissa tomber son arme.

– OUILLE ! hurla Sétha en recevant le « Coup Fatal » sur le pied. MON POUCE ! MON MAGNIFIQUE GROS ORTEIL ! AÏE, AÏE, AÏE !

Elle lâcha Wiglaf et l'envoya voler dans les airs. Avec un bruit sourd, il atterrit par terre. Il rebondit deux fois, puis ne bougea plus.

Au-dessus de lui, le dragon hurlait de douleur.

– MON ORTEIL FAVORI ! IL SAIGNE, EN PLUS !

Wiglaf poussa un petit gémissement. Il allait être couvert de bleus, mais la tunique en cuir de Lobelia et ses épaisses chausses matelassées lui avaient sauvé la vie. Il se remit péniblement debout.

Le dragon se balançait d'avant en arrière sur le toit du poste de garde.

– JE VAIS TE FAIRE UN PETIT BISOU ET ÇA IRA MIEUX, disait Sétha à son doigt de pied.

Wiglaf leva les yeux. Sétha tenait son pied blessé entre ses pattes avant. Elle avança ses lèvres violettes et avec un énorme smack ! elle embrassa son gros orteil. Puis elle se mit à sautiller sur son pied valide.

– JE VAIS T'AVOIR, WIGLAF ! gronda-t-elle. JE VAIS TE TRANSFOR-MER EN FRITE TROP CUITE !

Wiglaf gémit.

Cette fois, c'était le cas de le dire, il était cuit !

Alors il fit ce que ferait n'importe quelle poule mouillée. Il s'allongea par terre, se cacha les yeux et attendit sa dernière heure en tremblant de peur.

– ME VOILÀ ! annonça Sétha. JE VAIS… WAOUH ! HÉ ! HOULÀ !

Wiglaf écarta les doigts pour jeter un œil à ce qui se passait.

Sétha chancelait sur le toit. Elle tenait

toujours son orteil blessé à deux pattes.
Mais elle semblait avoir quelques pro-
blèmes. Elle battait désespérément des
ailes. Sa queue s'agitait en tous sens. Elle
tanguait dangereusement d'avant en arrière.
Elle perdit l'équilibre… et plongea.

SPLASH !

Sétha tomba dans le fossé.

Un énorme nuage de vapeur s'éleva des
douves.

Wiglaf n'y voyait plus rien.

Soudain, la tête du dragon émergea du
brouillard.

Wiglaf recula d'un bond.

– AU SECOURS ! hurlait Sétha. AIDE-
MOI, ESPÈCE DE CRÉTIN !

Mais Wiglaf n'était pas crétin à ce point !

Sétha se débattait dans une grande gerbe
d'éclaboussures. Elle frappait l'eau de sa
queue.

Wiglaf remarqua que ses écailles avaient
enfin l'air propres, mais qu'elles avaient
perdu leur éclat. Ses yeux aussi étaient

devenus ternes. Sa corne penchait sur le côté et sa langue pendait lamentablement hors de sa bouche.

– JE N'EN PEUX PLUS ! cria-t-elle. AIDE-MOI ! JE TE DONNERAI DES TONNES D'OR !

Avant que Wiglaf ait pu secouer la tête pour répondre « non », Mordred se pencha à la fenêtre de la tour.

– De l'or ? Mais tout le monde sait que tu n'en as pas, Sétha ! répliqua-t-il.

– HA ! HA ! ricana le dragon. CE N'EST QU'UNE VIEILLE RUMEUR ! J'AI DIX FOIS PLUS D'OR QUE N'IMPORTE QUEL AUTRE DRAGON ! ET J'AI TOUT CACHÉ DANS LA FORÊT DES TÉNÈÈÈBLUB…

Elle disparut sous l'eau.

VLAN ! Le pont-levis s'abaissa d'un seul coup.

Mordred se rua hors du château. Il écarta Wiglaf de son chemin et tomba à genoux au bord des douves.

– Sétha ! cria-t-il. Dame Sétha ! Vous m'entendez ?

– GLOUB… TOUT MON… BLOUB… OR ! crachota Sétha en émergeant un instant. SORS-MOI DE LÀ, MON GRAND, ET IL EST À TOI !

– À moi ? répéta Mordred tandis que Sétha coulait à nouveau. Revenez, Dame Dragon ! Il faut qu'on parle !

Seules les lèvres violettes de Sétha sortaient de l'eau désormais.

– MON BLUB… OR… GLOUB BLOU… GLOUP ! bafouilla le dragon avant de disparaître.

– Tenez le coup, Sétha ! cria Mordred. Je viens à votre secours !

Et le directeur de l'École des Massacreurs de Dragons se jeta dans le fossé pour sauver le dragon.

Wiglaf se retrouva seul sur le pont-levis. Il regarda Mordred plonger et replonger pour retrouver le dragon. Mais en vain.

La tête de Sétha ne ressortit plus jamais

des eaux noires et pleines de vase des douves.

En revanche, Mordred, lui, ressortit. Fou furieux.

– Un dragon, ça ne peut pas se noyer ! aboya-t-il. Comment ça se fait ?

Tout à coup, Wiglaf comprit ce qui s'était passé.

– C'est sa faiblesse secrète qui a tué Sétha ! expliqua-t-il à son directeur trempé comme une soupe. La Bête de l'Est ne supportait pas les bains !

Wiglaf redressa son casque à cornes de bélier.

Et, la tête haute, il traversa le pont-levis et rentra dans l'EMD.

Ce soir-là, pendant le dîner, Mordred s'adressa à tous ses élèves.

– Vous croyez que Wiglaf aurait demandé à Sétha où elle cachait son or ? s'exclama-t-il d'une voix amère. NOOOOON ! Bien sûr ! Alors moi, je n'ai toujours rien ! Pas la moindre petite pièce !

Tout ce que j'ai gagné... – il se moucha bruyamment dans son mouchoir rouge – ... c'est une double pneumonie !

Mordred enfouit sa tête dans ses mains et se mit à pleurer.

– Moi aussi, j'ai une mauvaise nouvelle, annonça Potaufeu en sortant de sa cuisine pour s'adresser aux élèves. En tombant dans le fossé, ce sale dragon a empoisonné les anguilles ! Sétha les a toutes tuées !

– Quoi ? demanda Mordred en levant son visage baigné de larmes. Ça veut dire que je vais devoir acheter des provisions pour nourrir ces petits gloutons ? Je n'ai vraiment pas de chance !

– Je suis désolé de vous l'apprendre, les garçons, continua Potaufeu, mais jamais plus vous ne vous régalerez de mes délicieuses recettes aux anguilles.

Il y eut un grand silence dans la salle à manger.

Puis les élèves se levèrent et se mirent à taper des pieds et à frapper dans leurs mains.

Angus se tourna vers Wiglaf, le pouce levé.

– Bravo, mon pote ! Allez, on chante tous pour remercier Wiglaf !

Et ils se mirent tous à brailler en chœur – même Érica, la seule élève de l'EMD qui regretterait les anguilles de Potaufeu.

Plus d'anguilles dans nos assiettes !
Plus d'anguilles, c'est la fête !
Bravo, Wiglaf ! Oui, bravo !
Bravo à notre héros !
Pour Wiglaf, hip hip hip hourra !

Les élèves l'applaudirent encore et encore. Et ça lui fit chaud au cœur. D'accord, il n'avait pas vraiment tué Sétha avec son épée. D'accord, sans l'aide des sorciers, il n'était pas vraiment courageux. Mais ce soir, dans la salle à manger de l'EMD, il était un vrai héros !

K. H. McMullan vit à New York. En 1975, elle a décidé de tenter sa chance en écrivant un premier livre. Vingt-cinq ans plus tard, elle a, sous différents pseudonymes ou en collaboration, plus de cinquante ouvrages pour la jeunesse à son actif. Pour *L'École des Massacreurs de Dragons*, elle dit s'être inspirée directement de sa vie de collégienne : « Chaque personnage s'inspire de quelqu'un que j'ai rencontré réellement, depuis ma meilleure amie au collège jusqu'à l'orthodontiste de ma fille ! » C'est pourquoi, quand elle se rend dans les écoles, K. H. McMullan conseille aux apprentis écrivains de prendre pour point de départ leur propre vie et leurs propres expériences.

Bill Basso est né et a vécu longtemps dans le quartier de Brooklyn, à New York. Il vit à présent dans le New Jersey, avec sa femme et leurs trois enfants. Après des études d'art et de design, il a illustré de nombreux livres pour la jeunesse et collabore régulièrement à des revues destinées aux enfants.

Le lion blanc, 356
de Michael Morpurgo
illustré par Jean-Michel
Payet

**L'ours qui ne voulait pas
danser,** 399
de Michael Morpurgo
illustré par Raphaëlle
Vermeil

**Le secret
de grand-père,** 414
de Michael Morpurgo
illustré par Michael
Foreman

Toro ! Toro ! 422
de Michael Morpurgo
illustré par Michael
Foreman

**Réponses bêtes
à des questions idiotes,** 312

Tétine Ier, 388
de Pef

Nous deux, rue Bleue, 427
de Gérard Pussey
illustré par Philippe Dumas

Le petit humain, 193
de Alain Serres
illustré par Anne Tonnac

L'ogron, 218
de Alain Serres
illustré par Véronique Deiss

Petit Bloï, 432
de Vincent de Swarte
illustré par Christine
Davenier

**La chouette qui avait peur
du noir,** 288
de Jill Tomlinson
illustré par Céline Bour-
Chollet

Les poules, 294
de John Yeoman
illustré par Quentin Blake

Lulu Bouche-Cousue, 425
de Jacqueline Wilson
illustré par Nick Sharratt

Ma chère momie, 419
de Jacqueline Wilson
illustré par Nick Sharratt

LES GRANDS AUTEURS
POUR ADULTES
ÉCRIVENT
POUR LES ENFANTS

BLAISE CENDRARS

**Petits contes nègres pour
les enfants des Blancs,** 224
illustré par Jacqueline
Duhême